日野口晃句集

第二楽章

東奥日報社

目次

パウル・クレーの舟

九〇句

十和田

はるかなるものを見るやう芽の柳

芽ぶき山三角定規透きとほる

春立つと病衣はみだす肢二本

吸呑みを春のひかりがわたりくる

生くるべしひよこの動悸てのひらに

芥焼く煙は雲に地虫出づ

ものの芽の澎湃として明日はあり

風光る汝が靴に羽根生えたれば

キャンバスに天地を印す春日向

山笑ふけふは木魂のきれいな日

くれなゐのかすみとなりしぶなの息

上野界隈　十二句

自分の絵見に行く春の上野かな

春光を重ねてデフォルメの女神
清明の空はグレコの筆捌き
芽柳や髪を婆沙羅の画学生

紅梅にあらず楊貴妃桜の芽

高層のビルの谷間の花こぶし

鷗外荘より子規庵へ春動く

子規庵の屋根につちふる日なりけり

手づくりの卓の鋸痕あたたかし

ペン皿に春の日差しのうす埃

黄水仙陽の残像はむらさきに

子規庵を出てまた迷ふ五加木垣

雨水かな蛇口を曲げて目を洗ふ

音叉のファどこまでも曳き春の空

春眠きリズムにチエロの言ひ回し

春眠のまん中抜けてゆく時間

しじみ汁眼二つが映りをり

おぼろ夜やひとつ眼のトラクター

陽炎や棒一本の馬の墓

陽炎のゆらしてほぐす象の鼻

涅槃図の象小さしと思はずや

海豚から鯨になるか春の雲

春月や嗣治の猫と女の絵

恋猫の貌を小さくもどりくる

土雛に野老のひげと海老のひげ

水呑みに起きてひひなの間を覗く
木の芽和啄むやうに箸つかふ
蕗味噌といのち養ふほどの酒

露地石に落ちて適ひし紅つばき

さくら　六句

花よりも人面白き向かう岸

桜の夜息太くして謡ふなり

能面の裏静かなる花の闇

図書館に珈琲コーナー西行忌

さくらの夜ゆくへ知れずといふことに

水あればもののながるる夕ざくら

亀鳴くや耳より遠き盆の窪

花蟹のけふもご機嫌斜めなる

苗寒し林のやうに人が立ち
水張りし田にさかしまの父と母
田を植ゑて星の話をして帰る

残り苗挿すや一羽の鳥となり

はらからにまづ天祈りの幣払ふ

天祈り膳貌三角の猫抱いて

早画きの頭でっかち獺祭忌

目覚ましのいつまでも鳴るレノンの忌

春の虹パウル・クレーの舟に乗り

チューリップ放射線科は奥の奥

たれか知るお玉杓子の尾の行くへ

初蝶を見てをり花を見るやうに

発心のがんぼ脚を置いてゆく

蟻群れてもののかたちとなりゆくも

春の陽にかざして画紙の裏表

草原に寝て個展まであと三日

大根の花を飾りしモデル台

茄子苗の芯に力の濃むらさき

たんぽぽの飛んでしまひし記憶たち

遠足の尾のいつまでも見えてをり

Vの字に空ひらけゆくこごみ採り

春灯を消すと消えたる父の写真

初音聞く硯の海のしずけさに

鏡沼置き去りにして鳥帰る

春の泥同じところを猫も跳び

漱石の子猫枕の法話かな

漱石の我流の筆もあたたかし

永き日や墨壷に墨継ぎ足して

墨を打つ糸のひびきや名草の芽

哲学者ゼノンも言へり亀鳴くと

うららかや蝶のかたちの脳写真

白牡丹しづしづと翳もちはじむ

ぼうたんの終の一花を供へけり

牧開きときどき笑ふ馬がゐて

菜の花の迷路ただよふ妻の首

ふりかけをかけて飯食ふ百千鳥

囀りや耳たぶ長き飛鳥仏
草笛を吹いて心の波のまま
羊草波が光をよぶやうに

たんぽぽの余白に座る無人駅

黒犬の川原を過る昭和の日

同じ木に赤げらが来て挨拶す

捻子のほぐるる

九〇句

浅虫

長靴に螺鈿の鱗夏に入る

風船が動けばうごく乳母車

方舟の牛に付ききし蠅ならむ

闘ひに敗れし海猫の人に寄る

遺伝子のはなしハンカチツリーの木

読み返すゴッホの手紙聖五月

五月闇眼鏡かけても外しても
ひとりづつ螢袋に子が眠り
焦点をはづして汗の中にをり

沼底の影引き連れてあめんぼう

あめんぼに触れし手を嗅ぐ夕明り

父の日の魔王を歌ふ調律師

筆立てに歯ブラシ二本太宰の忌

大作のための昼寝をしてをりぬ

憤怒像蜂の数多を放ちたる

木下闇魚のやうに急ぎけり

木下闇まなこ大きくしてゐたる

淵のぞく雀の鉄砲かき分けて

正直に乱れてゐたり曼珠沙華

弦月にもろ手をかざす踊かな

押して押し開いて北の盆踊

ひとつの訃空蟬指に縋らせて

田水沸く人差し指の根のあたり

里山の風に声ある穂孕期

恋螢葉影出でては灯し合ふ

行々子駄々こねる子はもうをらず

金襴の柩の通る大青田

男の子らは戦ふ遊びかぶと虫

かぶと虫捻子のほぐるる音すなり

山寺　六句

翁より老いて蟬聞くしじまかな

蟬塚の辺りで膝の笑ひ出す

青芭蕉足湯の肢が屈折す

田楽のどの店もいふ手前味噌

山寺に僧見当たらぬ暑さかな

吟行の手足ほぐるる青畳

捨てがたし水蜜桃の赤い種

逆光の水蜜桃の生毛かな

地平より日の現るる草田男忌

青柿の見える高窓開けておく

虎杖の雨の三日に咲く支度
炎熱のゼブラゾーンに影を曳き
青々と車窓半分夏の海

うな重に一句成りたる箸袋

夏場所の番付貼って小料理屋

眠られぬ夜を泳いでゐる手足

紙風船半透明の明日が見え

父の日は父の速さであるきけり

父の日やがら空きのバス素通りす

曾祖父に似る出目金を愛すかな

回廊の川とも見えて青葉光

青葉光上の水のみ急ぎをり

梅雨ごもりギブス叩けば骨の音

仙人掌やギブスに生えし足の指

雨音の背中にせまる三尺寝

昼花火正義といふは怖ろしき
ぞろぞろと人影並ぶ敗戦忌
螢火のつめたく指とゆびの間

半夏生妹に見えたるもの見えず
さみしさはひとり抜けたる蟬の穴
箒草離れればすぐ消えかかり

あの闇はねぶた流しの後の闇

世に古るは男ばかりよところてん

三日月の斜めに上る蕎麦畑

どうしても作りし人に似る案山子

担がれて案山子目眩のしてきたる

まじないを掛けて鯉抱く雲の峰

電柱の総立ちとなる大西日

籠枕眼見つめて帰りけり

左目の二重となりし暑さかな

ジーパンの青新じゃがの紙袋
考えるための草取りはかどらず
白雲と海と昼顔のフラッグ

蚊柱の芯に人影らしきもの

巻尺の真っ直ぐ戻る涼しさよ

屈託の数をあつめて椿の実

髪洗ひせせらぎの音聞いてをり

涼しさや板間に並ぶ素のこけし

光るものばかりを並べ夜店の灯

宵宮の手首細しと思ひけり

蛇捕りの女普通の女なり

鎌疵の聖痕に似る稲びかり

空蟬にそら色の水溜りゐる

微熱まだ残る指さき桃を剥く

どれがどれ狐の鋏と剃刀と

真相はわからず仕舞ひ牛蛙

転生を重ねて無明蚯蚓鳴く

存在す小さな小さな蟻一匹

割りきれぬ3333蟻の列
蟻の列サイギサイギを唱へつつ
私の星座は蠍夜の秋

折紙の鳥

九〇句

種　差

ホチキスの針整然と秋立つ日

沙羅の木の皮透き通る秋はじめ

月明や木立より濃き人の影

糸電話つながってをり天の川
おおいなるものを畏れよ星祭
七夕の絵本と量子論並ぶ

星合ひの辺りをよぎる雲もなし

立ちねぶた今年はことに目の大き

秋夜かな白地図に似る生命線

胡桃干すひと代ひと日のごとくにも
豆引くや眼はっきりしてきたる
口中を明るくメロン食べてをり

祝ぎ事や小鳥の声に帯むすぶ

秋澄むとかくも静かな声音なる

星月夜馬屋に満つる馬の息

大西瓜北極南極美味くなし
大西瓜子午線添ひに真つ二つ
吾も容れよ釣瓶落としの海にこそ

太棹のダダンと釣瓶落としかな

稲妻に射抜かれしとき他人なり

木瓜の実にならべて今朝の薬粒

竜胆の爪立ちてをり地震くれば

猿面の胡桃の節の雪迎ふ

月の出を待てりボレロの波に乗り

裏川に月の流るる傘寿かな

家ひとつ消えて残りし茗荷の子

人見知りするまで育ち茗荷の子

初紅葉百八段を上り詰め

耳の水抜いて一日胡桃割る

昼顔や砂の起伏は地の起伏

夜は夜の雲が映れりビルの冷え

鰯雲背面跳びの上にかな

台風圏猫はしきりに貌洗ひ

子の部屋へ上る階段後の月

秋風の愉しきはここすすき原

目薬の耳に至れり小夜しぐれ

十三夜おなじ天井見尽くして

十六夜の月を残して個展了ふ

退くときの波は聞こえず後の月

金網の中のアメリカ芝紅葉

夕映えに紛るるときも烏瓜

長芋の脛に傷あるやつを食う

一匹の獣があるく無月かな

蟋蟀の髭いそがしく談しあふ

新しき燭とり代える夕しぐれ

海見ゆる長芋蔓のよく枯れて
山の青よりも静かに葱青む
小鳥来る茶筅しづかに置きしとき

強情に散るを堪へて朴の葉は
秋風や妻をジャイロの芯として
栗煮えて昔語りもどっとはらひ

屋根裏に生き物のゐる夜長かな

家系まではなしの及ぶ十三夜

月光や鹿の見てゐる鹿踊

台風の目のまん中の濃むらさき

おとろへて水に皺寄る野分かな

折り紙の鳥は火の色枯るる中

秋鯖の深海を見て来し眼

食堂の下に舟着く水の秋

蔦沼の平らにはしる秋の風

糸とんぼ水を出れば吹かれけり
鎌切りの鎌を汝が背に育てつつ
草は実にひとを赦すといふことも

息急いてカンジンスキーの花野過ぐ

騙されてゐるも快《け》楽《らく》よさねかずら

日輪は天心にあり大根抜く

落葉焚く貧しき手相うらがへし

盛大に鰯を焼いて誕生日

林檎剥きすこし素直になりてをり

団栗の転がりやすき家に棲み

敏きあり図太きもあり柿の鳥

跳び石の終が石臼こぼれ萩

草の実のかたち記憶を継ぐかたち
道はみなつながってをり大花野
花野より谷へ下りぬ塩の道

姉逝く

おとうとのままに老いけり残る秋

月明や黒鍵のみで弾く「昴」

歩めとはイエスの言葉星流る

秋冷やエゴン・シーレの手に足に

宵宮の棹弓なりの大幟

廃船と見れば寄り来る秋の波

諍いのあとの大根おろしかな

黄落を光背となし山の神

たてがみが欲しや芒のなびくたび

鷹揚に言葉を逸らす破れ芭蕉

版画展志功の佛語溢れしめ

からまつの落葉ささやく馬の耳

月光の曲が仕上げの調律師

鷹揚城いくさのごとき冬支度

冬支度みんな四角にたたみけり

ひとり笑ひ

九〇句

奥入良瀬

冬山の鞴を吹くと日は赤し

縋るもの無き冬沼の深ねむり

冬の川さみしきときは雲流し

もがり笛ナウマン象の耳開く

鼻水を啜りてただの男かな

寒さうな貌の運転免許証

鱈の目の大きく潤む千空忌

晩年や北に明るき雪が降り

手袋やダリの時計はわたしです

冬帽子嬰の目玉を出してやる

冬苺載せて稚なきたなごころ

炉話の狐の声ではじまりぬ

語り部の口のとほりに口動く

炉話のいつものところにて笑ふ

恐竜の時空超えきしひよこなる

白鷺の差し脚のまま凍りけり

白鷺の翔つや流るる山と川

酢海鼠や悪友ひとり欠席す

酢海鼠を噛みては言葉さがしををり

六本木・乃木神社　五句

しづもりて冬日差しこむ自刃の間

身に入むや武人の歌の石文に

もみぢ葉を風吹き上げる空馬屋
庭隅に冬菜かがやくひとところ
落葉中なつめの一樹のみ青し

鉄管に棲みて錆びたる寒雀

一茶忌の雀なかなか来てくれず

山の端に夕日漂ふ風邪心地

冬鴨の何を思ひて戻りくる

海鵜みな沖を見てゐる寒さかな

あかときの光り押しゆく尾白鷲

第一楽章第二楽章去年今年

指揮棒の一閃に年新たなり

緞帳を上げて初日の地平線

初夢の空を飛ぶのも夢のやう

空っぽの頭で過ごす三日かな

三日かな飯食ふための口開く

どう見ても自分にあらず初鏡
初仕事赤がみどりを呼ぶやうに
マフラーの真っ赤の似合ふ齢にて

セーターを着るセーターの闇抜けて

帆のごとき父のセーター着て飛べり

画仙紙にすこしの湿り筆初め

父の忌日裂帛の寒来たりけり

釘を抜く音を斜めに寒の入り

寒鯉の力を抜けば沈みけり

寒鴉ひとりのときは無口にて
熊笹や敏くかしこき三十三才
ほろほろと回す棒飴寒九郎

人日やチラシの裏の一行詩

きしきしと空を鳴らして冬かもめ

雪虫のおどろきやすき薄日かな

能面の裏に目の穴うそ寒し

冬ざくら無彩の空と地のあはひ

雪遊び打てばひびきて子どもたち

竹馬の目線に高き地平線

男の子ばかりで遊ぶ小正月

鶏舞の念仏低く立ち上がり

繭色にかまくら灯る九九の声
かまくらを人潤ひて出できたる
こんなにも笑へばきれい雪女

雪女帰るところがないといふ

ときとして嗚咽のまじるもがり笛

思はざる深手を隠す冬帽子

ひとり居の酒の泌みゆく冬畳

穴釣りの底のまなこに見詰めらる

穴釣りのひとり笑ひを見られけり

雪のんのんまだ人間に見えてをり

音消してうすうす雪を被て休み窯

背高の男が雪の嵩をいふ

野老蔓見える人には見えてをり

雪下し手伝ふことになりし客

捨て雪のいったん沈みては浮かび

カトレアや男ばかりがおとろえて

極寒の月より届く青い薔薇

マスクして曇る眼鏡の中にをり

寒波急集金人の声すなり

告知の日凍れタオルを湯にほぐし

廊下まではみ出してゐる灯の寒き

干蒲団母の匂ひと思ふなり

固雪や遠目に母の歩きやう

失ひし村にこぼるるおんこの実

葉ぼたんに花咲くといふ幸もあり
天と地のあはひを満たし牡丹雪
白鳥の誰も魔法の解けぬまま

また一人味方が減って寒もどる

三寒の割られて赤き薪の芯

木道の端の見えたる雪間かな

そはそはとどか雪のなき弥生過ぐ
春隣助手席に置くホルンにも
眼帯をとると昭和の雪降りをり

あとがき

私が第一句集「風樹」を出した時、その高揚した気分が覚めた頃から自分の作品のアラが見え始めた。麦青師にそう言ったら「みんなそうなんだよこれからが本番、これからこれから」と言った。河村静香さんは「作家は居直るしかないのよ、あなた画家なんだから分るでしょう」と言った。一点集中の油彩の大作とはちょっと違う気もしたが分らないでもない。

かつての火山群でのわが師、米田一穂は「八戸の俳句は一句入魂だ、精緻きわまりない表現をする。津軽は男性が多いせいか大胆に飛躍する、けれども、今の十和田の火山群は単なる俳句クラブだよ」と言ったことがある。そして私はその一員なのであった。

かえりみれば、第二句集を出すまでの月日のはざまで私が何をしていたかである。残念ながら、病と怪我の、わが身の手当てに明け暮れ、漂流していた。一日十句を自分に課して重い時間から逃がれていたように思う。

　俳句の原点は生まれ育った山河であり自分を育ててくれた人間模様の中にあるのだが、自分の身体が壊れつつあるとき、やっと自分の体や心が何よりも大切であることに気付いた。だから俳句力が向上したかと言うとそんなことではないが、どこか違ってきていることは確かである。

　今このあとがきを書いていて思うことは、この句集より一歩でも前に踏み出した第三句集を目指したいということである。

　麦青師、俳句の仲間たち、支えてくれた家族、句集出版に当たっての東奥文芸叢書担当各位に心からの感謝の意を表したい。

二〇一五年十月

日野口　晃

著者略歴

日野口晃（ひのぐちあきら）

一九三二年、青森県十和田市（三本木町）生まれ。一九五五年、弘前大学教育学部美術科卒。一九七〇年、俳句を始める「火山群俳句会」入会。一九八三年、「青嶺」入会。一九八四年、アトリエ「ふおるむ」設立（油彩・彫刻など制作活動に入る）。一九八七年、十和田市文化奨励賞。一九九一年、すばる俳句会設立・上十三地区俳句連盟設立・男声合唱団設立。一九九七年、十和田市文化功労賞。二〇〇四年、青嶺賞。二〇〇七年、句集「風樹」青嶺叢書第30篇上梓。二〇一〇年、渋柿園入会。二〇一一年、渋柿園賞。二〇一三年、青森県俳句賞。俳人協会会員。

住所　〒〇三四―〇〇八四　十和田市西四番町15―44
電話　〇一七六―二三―〇六四六

東奥文芸叢書　俳句24

日野口晃句集　第二楽章

発行　二〇一五（平成二十七）年十二月十日

著者　日野口晃

発行者　塩越隆雄

発行所　株式会社　東奥日報社
〒030-0180　青森市第二問屋町3丁目1番89号
電話　017―739―1539（出版部）

印刷所　東奥印刷株式会社

ISBN－978－4－88561－219－0　C0092　￥1200E

東奥日報創刊125周年記念企画

東奥文芸叢書　俳句

加藤　憲曠　新谷ひろし
藤田　枕流　野沢しの武
草野　力丸　工藤　克巳
畑中とほる　吉田千嘉子
竹鼻瑠璃男　高橋　千恵
土井　三乙　徳才子青良
三ヶ森青雲　橘川まもる
福士　光生　田村　正義
吉田　敏夫　小野　寿子
浅利　康衞　木附沢麦青
増田手古奈　成田　千空
宮川　翠雨　日野口　晃
泉　風信子　藤木　倶子
奥田　卓司　佐々木蔦芳
松宮　梗子　敦賀　恵子
（既刊は太字）

東奥文芸叢書刊行にあたって

青森県の短詩型文芸界は寺山修司、増田手古奈、成田千空をはじめ日本文学界をリードする数多くの優れた文人を輩出してきた。その流れを汲んで現代においても俳句の加藤憲曠、短歌の梅内美華子、福井緑、川柳の高田寄生木など全国レベルの作家が活躍し、その後を追うように、新進気鋭の作家が次々と現れている。

１８８８年（明治21年）に創刊した東奥日報社が１２５年の歴史の中で醸成してきた文化の土壌は、「サンデー東奥」（１９２９年刊）、「月刊東奥」（１９３９年刊）への投稿、寄稿、連載、続いて戦後まもなく開始した短歌・俳句・川柳の大会開催や「東奥歌壇」、「東奥俳壇」、「東奥柳壇」などを通じて、本州最北端という独特の風土を色濃くまとった個性豊かな文化を花開かせてきた。

二十一世紀に入り、社会情勢は大きく変貌した。景気低迷が長期化し、核家族化、高齢化がすすみ、さらには未曾有の災害を体験し、その復興も遅々として進まない状況にある。このように厳しい時代にあってこそ、人々が笑顔と元気を取り戻し、地域が再び蘇るためには「文化」の力が大きく寄与することは間違いない。

東奥日報社は、このたび創刊１２５周年事業として、青森県短詩型文芸の優れた作品を県内外に紹介し、文化遺産として後世に伝えるために、「東奥文芸叢書（短歌、俳句、川柳各30冊・全90冊）」を刊行することにした。「文化」の力は地域を豊かにし、世界へ通ずる。本県文芸のいっそうの興隆を願ってやまない。

平成二十六年一月

東奥日報社代表取締役社長　塩越　隆雄